中华家教
朗诵诗

辛龙 著

山东城市出版传媒集团·济南出版社

图书在版编目（CIP）数据

中华家教朗诵诗 / 辛龙著 . -- 济南：济南出版社，
2018.8（2024.2重印）
ISBN 978-7-5488-3429-8

Ⅰ . ①中… Ⅱ . ①辛… Ⅲ . ①朗诵诗－诗集－中国
Ⅳ . ① I22

中国版本图书馆 CIP 数据核字（2018）第 203993 号

中华家教朗诵诗　辛　龙 / 著

责任编辑 / 朱　琦　李　敏
装帧设计 / 焦萍萍

出版发行　济南出版社
地　　址　济南市二环南路 1 号 250002
网　　址　www. jnpub. com
电　　话　0531 - 82803191
传　　真　0531 - 86131709
经　　销　各地新华书店

印　　刷　山东百润本色印刷有限公司
成品尺寸　150mm×230mm　16 开
印　　张　8
字　　数　100 千
版　　次　2018 年 8 月第 1 版
印　　次　2024 年 2 月第 2 次印刷
印　　数　1—3000 册
定　　价　49.80 元

发行电话　0531 - 86131730 / 86131731 / 86116641
传　　真　0531 - 86922073

目　录

目录

第一辑　教子有义方

清·任伯年　教子图

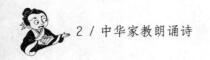

埋双头蛇

孙叔敖为婴儿①之时，出游，见两头蛇，杀而埋之，归而泣。其母问其故，叔敖对曰："闻②见两头之蛇者死，向者③吾见之，恐去④母而死也。"其母曰："蛇今安在？"曰："恐他人又见，杀而埋之矣。"母曰："吾闻有阴德⑤者，天报以福，汝不死也。"及长，为楚令尹⑥，未治而国人信其仁也。

——汉·刘向《新序》

【注释】
①婴儿：泛指少年时。
②闻：听说。
③向者：以前。
④去：离开。
⑤阴德：指有德于人而不为人知。
⑥令尹：春秋战国时楚国执政官名。

埋双头蛇

楚国少年孙叔敖，
眉清目秀细高挑。
温柔敦厚心肠热，
知书达礼有家教。

每闻善事心先喜，
得见经书手自抄。
品学兼优好学生，
四里八乡也难找。

曙色蒙蒙天微亮，
叔敖上学起得早。
急如星火出家门，
手提木棍和书包。

秋风瑟瑟草木凋，
山道弯弯掩蓬蒿。
枯草丛生路难行，
深一脚来浅一脚。

穿草丛，过山腰，
披荆斩棘上大道。
叔敖刚想喘口气，
低头一看吓一跳。

路口有条大花蛇，
盘着身子双头翘。
四目圆睁泛绿光，
口吐毒信嘶嘶叫。

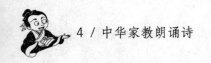

孙叔敖，心发毛，
瞠目结舌尖声叫。
大蛇盘卷在脚边，
白日见鬼没想到。

惊慌失措扭头跑，
脚底生风把命逃。
慌不择路心里乱，
腿脚发软摔一跤。

爬起来，往家跑，
民间传说心头绕。
"双头蛇，会妖术，
谁见谁死命难保！"

想到这里转过身，
一个念头脑海冒：
"毒蛇害人太可恨，
我为民除害在今朝！"

想到这里主意定，
稳住心神立双脚。
一跃而起举木棍，
用尽全力把蛇敲。

双头蛇，尾巴摇，
躲闪不及中了招。
垂死挣扎大半天，
尸横当场命魂销。

孙叔敖，把坑刨，
深深埋蛇在山坳。
他怕毒蛇得重生，
阴魂不散会逃跑。

回家扑进娘怀抱，
涕泗滂沱哭号啕：
"今天我见双头蛇，
大难临头难尽孝！"

叔敖娘，听根苗，
来龙去脉全知晓。
轻拍叔敖小额头，
和颜悦色开口笑：

"见义勇为除凶暴，
诛杀毒蛇是善道。
深埋山中积阴德，
天佑我儿别心焦！"

【小启示】

这是一位既有见识，又明事理的好妈妈。她教育儿子如何做人，给子女以胆识和希望。孙叔敖长大后之所以能够成大器，正是因为这位好妈妈的教育。

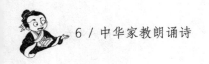

曾参教子

曾子之妻之市，其子随之而泣。其母曰："女①还，顾②反③为女杀彘④。"妻适⑤市来，曾子欲捕彘杀之。妻止之曰："特与婴儿戏耳⑥！"曾子曰："婴儿非与戏之也。婴儿非有知也，待父母而学者也，听父母之教。今子⑦欺之，是教子欺也。母欺子，子而不信其母，非所以成教也。"遂烹彘也。

——《韩非子·外储说左上》

【注释】
①女，同"汝"，人称代词，你。
②顾：看，等。
③反：同"返"，返回。
④彘：指猪。
⑤适：刚刚，恰好。
⑥特……耳：固定的搭配，可译为"不过……罢了"。
⑦子：你，对对方的尊称。

曾参教子

曾参家住沂水边，
文质彬彬戴儒冠。
娶个媳妇挺漂亮，
温柔贤惠持家俭。

曾参儿子小娇憨，
咿呀学语步蹒跚。
虎头虎脑大眼睛，
天真无邪惹人怜。

春光明媚满庭院，
和风吹柳摇落燕。
曾参媳妇要出门，
儿子上前扯衣衫：

"妈妈妈妈带上我，
带我出去玩一玩！"
媳妇闻听忙回头，
和颜悦色来相劝：

"妈妈进城去赶集，
翻山越岭路途远。
宝宝在家跟爸爸，
我回来给你煮鸡蛋！"

小小子，坐门槛，
号啕大哭泪花溅。
好说歹说不答应，
急得妈妈满头汗。

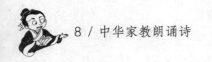

曾参闻听眉头攒，
苦口婆心来相劝。
小子双手捂耳朵，
满地打滚真刁蛮。

吵吵闹闹大半天，
红日东升已三竿。
曾参媳妇没办法，
信口开河将他骗：

"小小子，听我言，
我再不出门集市散。
你在家里等我还，
杀猪炖肉你吃三天！"

小子闻听开心颜，
破涕为笑泪渐干。
目送妈妈出门去，
垂涎欲滴心里欢。

春寒料峭日西偏，
曾参媳妇把家还。
掩上柴扉抬起头，
看到曾参直了眼：

这曾参，把袖卷，
磨刀霍霍寒光闪。
猪圈门，已打开，
肥猪捆绑在桌案。

曾参媳妇忙摆手，
心急如焚开了言：
"我跟儿子开玩笑，
快把肥猪放回圈！"

曾参正色看媳妇，
掷地有声显威严：
"教子怎可开玩笑？
言出必行信为先。

天下蒙童皆无知，
亲生父母是模范。
今天如果不杀猪，
是教儿子学欺骗！"

媳妇闻听很羞赧，
哑口无言醍醐灌。
走上前来助夫君，
杀猪烧水升炊烟。

【小启示】
　　曾参的做法对父母教育孩子是很好的借鉴。成人的言行对孩子的成长影响很大。想让孩子对人真诚、不欺骗，父母就要以身作则、身体力行。

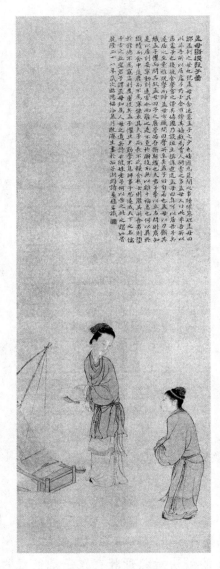

清·康涛 孟母断机教子图

孟母三迁

邹孟轲之母也，号孟母。其舍近墓。孟子之少也，嬉游为墓间之事，踊跃筑埋。孟母曰："此非吾所以居处子①也。"乃去舍市傍。其嬉戏为贾人炫卖②之事。孟母又曰："此非吾所以居处子也。"复徙舍学宫之傍。其嬉游乃设俎豆③，揖让进退④。孟母曰："真可以居吾子矣。"遂居。

——汉·刘向《列女传》

【注释】
①处子：安置教育孩子。
②炫卖：自夸自卖。炫，夸耀。
③俎豆：古代祭祀用的两种礼器，此指祭祀仪式。
④揖让进退：打躬作揖、进退朝堂等古代相见的礼仪。

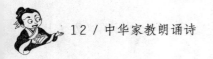

孟母三迁

孟轲母亲本姓仉，
知书达礼胸襟旷。
相夫教子忙家务，
粗茶淡饭菜根香。

孟轲家，住山冈，
对面山坡是墓场。
隔三岔五哀乐起，
吹吹打打来送葬。

小孟轲，把头仰，
亦步亦趋学发丧。
戏耍打闹在坟地，
乐此不疲兴味长。

孟母皱眉起思量，
毅然决然有主张。
当机立断卖老屋，
举家迁到集市上。

集市上，人来往，
小贩叫卖高声嚷。
大呼小叫太嘈杂，
声飘孟家绕房梁。

小孟轲，情飞扬，
循声出门细打量。
跟在小贩屁股后，
比比画画学得像。

孟母见罢心不爽，
摇首叹息很惆怅。
深思熟虑又搬家，
新家比邻大学堂。

大学堂，读书郎，
风华正茂气轩昂。
抑扬顿挫读诗书，
书声琅琅随风荡。

小孟轲，眼睛亮，
耳濡目染书生样。
孟母三迁教孺子，
名垂青史百世芳！

【小启示】

　　在孩子的成长过程中，周边的环境非常重要。它直接决定了孩子接受什么，模仿什么。试想，如果孟母没有把家从坟地和闹市中搬出来，可能中国历史上就不会有孟子这样一位儒家学派的"亚圣"了。

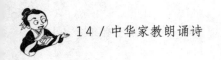

孟母断织

　　孟子之少也，既①学而归，孟母方绩②，问曰："学何所至矣？"孟子曰："自若也。"孟母以刀③断其织。孟子惧而问其故④，孟母曰："子⑤之废学，若吾断斯⑥织也。夫君子学以立⑦名，问则广知，是以⑧居则安宁，动则⑨远害。今而废之，是不免于厮役而无以离于祸患也。何以异于织绩而食，中道废而不

【注释】
①既：已经。
②绩：指织布。
③以刀：用刀。
④故：原因。
⑤子：古代指你。
⑥斯：这。
⑦立：树立。
⑧是以：因此。
⑨则：就。

为，宁能衣其夫子而长不乏粮食哉？女则废其所食，男则堕于修德，不为窃盗，则为虏役矣。"孟子惧⑩，旦⑪夕⑫勤学不息，师事⑬子思⑭，遂成天下之名儒。君子谓孟母知为人母之道⑮矣。

——汉·刘向《列女传》

⑩惧：恐惧，害怕。
⑪旦：早晨。
⑫夕：泛指晚上（夜晚）。
⑬事：侍奉。
⑭子思：人名，指孔子嫡孙孔伋，字子思。
⑮道：法则，方法。

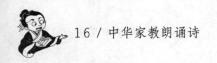

孟母断织

小孟轲，进学堂，
背着一个大书囊。
心不在焉诵诗文，
神不守舍窗外望。

窗户外，柳花荡，
两只黄鹂枝头唱。
飞来飞去筑新巢，
掏他两只家中藏！

下课了，离学堂，
孟轲出门爬树忙。
一不留神摔下来，
灰头土脸脚肿胀。

掏鸟不成心沮丧，
一瘸一拐穿街巷。
饥肠辘辘回家转，
想起母亲饭菜香。

孟母织布在西厢，
唧唧吱吱声绵长。
看到孟轲抬头问：
"今日学习啥情况？"

小孟轲，立当场，
漫不经心把头仰：
"最近天天背诗文，
日复一日如平常。"

孟母听罢气昂昂，
面沉似水挂严霜。
一拍织机站起身，
挥刀断布打比方：

"你学不用心行无状，
如我断布一个样。
有始无终无恒心，
一事无成徒悲伤！"

小孟轲，脸发烫，
茅塞顿开悔断肠。
痛改前非苦读书，
终成亚圣美名扬。

【小启示】
　　小孩子贪玩，不爱学习本来是一件司空见惯的事。而孟子的母亲拿起剪刀把织成的布割断，以警示孟子。她这种寓抽象、深刻的道理于具体行为的教育方法，比起喋喋不休的说教，不仅生动形象，而且可以收到事半功倍的教育效果。

清·李汝霖　教子图

不义之财

齐田稷子①之母也。田稷子相齐，受下吏之货金百镒②，以遗其母。母曰："子为相三年矣，禄③未尝多若此也，岂修士大夫之费哉？安所得此？"对曰："诚受之于下。"其母曰："吾闻士修身洁行，不为苟得。竭情尽实，不行诈伪。非义之事，不计于心。非理之利，不入于家……"田稷子惭而出，反其金，自归罪于宣王，请就诛④焉。宣王闻之，大赏其母之义，遂舍⑤稷子之罪，复其相位，而以公金赐母。

——汉·刘向《列女传》

【注释】
①田稷子：春秋时期齐国国相。
②货金百镒：贿赂的大量财物。
③禄：俸禄。
④诛：责罚。
⑤舍：通"赦"，免去重罚。

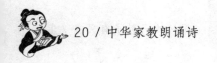

不义之财

春秋末年风云起，
诸侯争霸国林立。
巍巍齐国东临海，
招贤纳士创国基。

田稷子，有名气，
官运亨通很得意。
齐国拜他当宰相，
执政三年满任期。

衣锦还乡心欢喜，
拜见母亲献重礼。
一箱黄金光灿灿，
母亲看罢心惊疑：

"你当宰相出故里，
登上朝堂穿官衣。
俸禄多少我知道，
这箱金子你买不起！"

田稷子，跪在地，
母亲质问心惊悸：
"这些黄金下属送，
献给母亲庆寿颐！"

田母闻言拍案起，
怒不可遏声色厉：
"我从小教你当君子，
洁身自好肝胆披！

你收人贿赂厚脸皮，
唯利是图成财迷！
不义之财快拿走，
这种孝心不足惜！"

田稷子，腿战栗，
满面羞愧把头低。
退还礼金去请罪，
齐王免罪感母义！

【小启示】
　　当今社会，许多父母对儿女过度宠爱，百依
百顺，不知严加管教，造成了很多悲剧的发生。
而田母教导儿子要涵养自己的品德，不取不义之
财，只有这样才能一生通达、平安无事。这在今
天仍然有很强的现实意义。

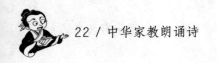

拒子门外

　　楚子发①母，楚将子发之母也。子发攻秦，绝粮，使人请于王，因归问②其母。母问使者曰："士卒得无恙③乎？"对曰："士卒并分菽粒而食之④。"又问："将军得无恙乎？"对曰："将军朝夕刍豢⑤黍粱⑥。"子发破秦而归⑦，其母闭门而不内⑧，使人数之曰："……今子为将，士卒并分菽粒⑨而食⑩之，子独朝夕刍豢黍粱，何也？……"子发于是谢其母，然后内之。

——汉·刘向《列女传》

【注释】
①子发：战国时楚国将军。
②问：探望。
③无恙：安好。
④并分菽粒而食之：大家分吃豆粒。
⑤刍豢：牛羊猪狗等家畜，这里指肉。
⑥黍粱：黄米和谷子，这里指好粮食。
⑦归：返回。
⑧内：通"纳"，接纳、进门。
⑨菽粒：豆粒。
⑩食：吃。

拒子门外

楚国大将叫子发，
虎背熊腰披金甲。
率兵十万展旌旗，
剑指秦国兴征伐。

两军对阵挥刀剑，
血流成河殊死战。
相持不下粮草尽，
子发命人快催办。

飞马传书报楚王，
楚王下旨送军粮。
使者又到子发家，
探望老母拜高堂。

老母闻报站起身，
楚军详情细探问：
"前方士卒可温饱？
我儿每天在吃甚？"

使者抬头忙回禀，
一五一十说详情：
"士卒断粮吃黄豆，
将军每日都有肉！"

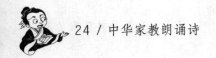

军粮押送到边关，
楚军欢腾勇气添。
高举刀枪攻秦军，
势如破竹斩敌顽。

子发凯旋情飞扬，
楚王亲迎出朝堂。
百姓夹道齐欢呼，
敲锣打鼓震天响。

子发上朝交帅印，
领取封赏出宫门。
归心似箭走得急，
策马回府看母亲。

子发府第何寂寂，
门可罗雀行人稀。
子发系马叩门环，
管家出门声色厉：

"夫人听说您回家，
怒不可遏火气大。
命我传话给公子，
请您聆听快跪下！"

"您为大将去征讨，
将士性命手中操。

您吃鱼肉兵吃豆，
高高在上太狂骄！"

子发闻言忙叩头，
面红耳赤心愧羞。
听母教诲即痛改，
爱兵如子美名留。

【小启示】
　　子发母亲的言行告诉我们：父母之爱如果仅仅局限于关心孩子的饮食起居，关心孩子的冷暖安康，就未免太肤浅了。父母对子女的爱要从塑造人格、人品着眼，这样才能保证子女走正道、干正事。

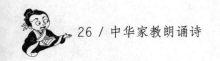

倚门倚闾

王孙贾①年十五，事②闵王。王出走③，失王之处。其母曰："女④朝出而晚来，则吾倚门而望；女暮出而不还，则吾倚闾⑤而望。女今事王，王出走，女不知其处，女尚何归？"

王孙贾乃入市中，曰："淖齿⑥乱齐国，杀闵王，欲与我诛者，袒右⑦！"市人从者四百人，与之诛淖齿，刺而杀之。

——汉·刘向《战国策·齐策六》

【注释】
①王孙贾：复姓王孙，名贾。
②事：侍奉。
③王出走：燕国进攻齐国都城，齐闵王出逃。
④女：同"汝"，你。
⑤闾：里巷的大门。
⑥淖齿：燕国大将。
⑦袒右：袒露右臂。

倚门倚闾

王孙贾，年十五，
气宇轩昂真英武。
少年得志登朝堂，
平步青云当大夫。

红日东升出街巷，
上朝奏对伴闵王。
夕阳西下回家转，
品尝母亲饭菜香。

天有不测风云变，
燕国入侵齐国乱。
闵王逃亡无行踪，
王孙无奈回家转。

母亲闻报吃一惊，
面沉似水脸紧绷：
"你每日上朝伴君王，
我倚门倚闾将你等。

如今君王遭危急，
流落何方无消息。
我想闵王正翘首，
盼望忠臣来助力。

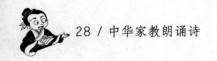

你刚十五年纪小，
已食君禄得恩遇。
国难当头应出手，
怎可闲居在家里？"

王孙贾，出家门，
多方打听知确信：
燕将淖齿杀闵王，
取而代之夺乾坤。

王孙持剑进市场，
跳上高台心悲怆：
"淖齿乱齐杀我王，
随我复仇保家乡！"

齐人闻听冤愤激，
挥舞刀剑袒右臂。
少年王孙尊母命，
杀敌复仇稳国基。

【小启示】
　　王孙贾的母亲深明大义，以自己牵挂儿子的道理，教育儿子要忠君爱国，从而激励王孙贾振臂高呼，带领国人驱赶侵略者，成为一名彪炳千古的少年英雄。

梁上君子

时岁荒民俭，有盗夜入其室，止于梁上。寔①阴见②，乃起自整拂③，呼命子孙，正色训之曰："夫人不可不自勉④。不善之人，未必本恶，习以性成，遂至于此。梁上君子者是矣！"盗大惊，自投于地，稽颡⑤归罪。寔徐譬⑥之曰："视君状貌，不似恶人，宜深克己反善。然此当由贫困。"令遗⑦绢二匹。自是一县无复盗窃。

——南朝宋·范晔《后汉书·陈寔传》

【注释】
①陈寔：东汉官员，颍川许（今河南省许昌县）人。
②阴见：暗中看见。
③整拂：整理拂拭衣服。
④勉：尽力，努力。
⑤稽颡：叩头。
⑥譬：开导。
⑦遗：赠送。

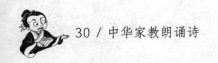

梁上君子

东汉末年许昌县，
春旱无雨青苗干。
田园荒芜少衣食，
灾民流离泪涟涟。

官员陈寔归故乡，
夜卧床榻心感伤。
忧国忧民长叹息，
忽见有人俯房梁。

料知此人是小偷，
等人入睡欲下手。
陈寔起身下床榻，
不动声色拂衣袖。

转身缓声到厅堂，
喊来儿孙立两旁。
挑亮灯火来训话，
正襟危坐开了腔：

"男儿立身天地间，
奋发向上须自勉。
弃恶从善应及早，
爬到梁上悔已晚！"

说罢伸手指房梁，
小偷大惊如筛糠。
扑通一声跳下地，
叩头认罪面色黄。

陈寔苦口来劝导：
"知错就改那就好！"
说罢赠送两匹绢，
助贼从善解困扰。

陈寔教子有良方，
现身说法美名扬。
先教儿孙求上进，
再教做人应善良！

【小启示】

在这个故事中，陈寔有两点值得赞扬：一是教子有方，他发现小偷躲在房梁上，以小偷教训儿孙，要求他们力求上进。二是宽容善良，面对小偷，不仅不打骂，反而给他两匹绢，这正体现了我们中华民族宽容善良的美德。

清·冷枚　连生贵子图

陶母辞鱼

陶公少时，作鱼梁吏①，尝以坩鲊②饷③母。母封鲊付使④，反书责侃曰："汝为吏，以官物见饷⑤，非唯不益，乃增吾忧也。"

——南朝宋·刘义庆《世说新语》

【注释】
①鱼梁吏：管理鱼梁的小官。
②坩（gān）：坛瓮之类的陶器。
　鲊（zhǎ）：同"鲊"，腌制的鱼。
③饷：把食物送给人吃。
④付使：交还给送来的人。
⑤见饷：送给我吃。

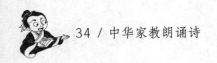

陶母辞鱼

小陶侃，红脸蛋，
眉清目秀筋骨健。
跟着母亲读诗书，
学业有成去当官。

陶侃官衔在江边，
江上渔船扬白帆。
夕阳西下交渔税，
提来鲜鱼一串串。

大鱼肥，小鱼鲜，
母亲在家何曾见？
陶侃命人带几条，
送到母亲大门前。

陶母见鱼开心颜，
知是公物眉头攒。
坚辞不受退回去，
修书一封责陶侃：

"做官首要是检点，
你送公物非我愿，
你胆大妄为我担忧，
枉我教你十几年！"

陶侃看信手发颤，
羞愧难当红了脸。
知错就改去私心，
清廉自守美名传！

【小启示】
　　父母是孩子人生的第一任老师。当发现孩子的过错时，一定要及时予以指正。正是有了陶母辞鱼的严教，陶侃才逐步成长为廉洁奉公的一代名臣。

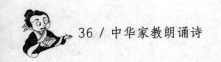

画荻教子

欧阳公四岁而孤①，家贫无资。太夫人以荻②画地，教以书字③。

——《欧阳公事迹》

【注释】
①孤：父亲去世。
②荻：指芦苇一类的植物。
③书字：写字。

画荻教子

春光明媚风习习，
青天白日响霹雳。
四岁幼儿欧阳修，
父亲患病离他去。

孤儿寡母齐号啼，
无依无靠泪沾衣。
母亲郑氏忍伤悲，
抚养幼儿过生计。

家贫如洗徒四壁，
一日三餐难自给。
有心送儿去上学，
手中无钱安可期？

秋风吹拂门前溪，
荻花瑟瑟燕飞低。
郑氏一见眼睛亮，
山前俯身采芦荻。

根根芦荻长又细，
削给儿子充手笔。
以地为纸教写字，
因陋就简志不移。

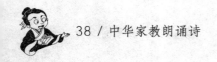

欧阳修，把头低，
聚精会神不知疲。
一笔一画跟着学，
寒来暑往勤修习。

十年寒窗成大器，
学富五车无伦比。
连中三元题金榜，
画荻教子成传奇。

【小启示】
　　欧阳修能够在贫寒的家庭中成长为一代文豪，除了缘于他自身的努力，母亲的教导有方也是一个重要的原因。对每个孩子来讲，无论家庭状况如何，只有认真学习，长大后才能有所成就。

岳母刺字

初命何铸鞫^①之，飞裂裳，以背示铸，有"尽忠报国"四大字，深入肤理。

——《宋史·岳飞传》

【注释】
①鞫：审问。

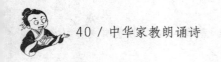

岳母刺字

宋朝少年叫岳飞，
双目炯炯很聪慧。
随母居住小山村，
家境贫寒不自卑。

十岁拜师去学艺，
专心致志有毅力。
文武兼修下苦功，
三更灯火五更鸡。

狼烟四起空中飘，
金军入侵举弯刀。
怒发冲冠催战马，
岳飞从军上大道。

英勇杀敌立战功，
赏罚不明怨意生。
回家探母诉冤屈，
一五一十说实情。

岳母执手将儿劝，
义正词严千万遍：
"个人得失小事情，
保家卫国大如天！"

说罢仍然不放心，
抚儿背脊挥银针。
四个大字亲手刺，
"尽忠报国"入肌深。

母泪儿血相和流，
以身许国记心头。
岳飞挺枪上战场，
碧血丹心照神州。

【小启示】
　　"岳母刺字"是中华民族母教的典范，一直在民间广为流传。岳飞的母亲在国家危难之际，励子从戎，精忠报国，被传为佳话，为世人敬仰。

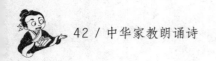

千金之珠

河上有家贫恃纬萧①而食者，其子没于渊，得千金之珠。其父谓其子曰："取石来，锻之！夫千金之珠，必在九重之渊而骊龙②颔下。子能得珠者，必遭其睡也。使骊龙而寤，子尚奚微③之有哉？"

——《庄子·列御寇》

【注释】
①纬萧：将芦苇一类的草编织成草制品。纬：编织。萧：芦苇一类的草。
②骊龙：黑龙。
③奚微：细微，些微。

千金之珠

九曲长河弯又弯，
风吹芦花荡两岸。
老潘家在岸上住，
编芦为生常饥寒。

老潘儿子是小潘，
年方二十正弱冠。
血气方刚身体棒，
撒网捕鱼到河边。

河连湖泊有深渊，
深不可测碧水潭。
小潘潜泳到湖底，
捡颗明珠光灿灿。

欣喜若狂回家转，
兴高采烈对老潘：
"这颗明珠值千金，
已请工匠细检验！

明珠珍贵您保管，
进城赶集去换钱。
我明天再去摸两颗，
发家致富在眼前！"

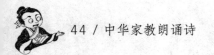

老潘接珠仔细看，
火冒三丈脸色变。
高举石块砸明珠，
一直砸到稀巴烂：

"水潭底，黑龙蟠，
呼风唤雨性凶残。
此珠挂在下巴上，
视若珍宝常把玩。

你采宝珠他睡眠，
纯属侥幸能生还。
假如黑龙醒过来，
你葬身龙腹命归天！"

【小启示】
　　面对儿子冒着生命危险得来的千金之珠，父亲却采取了立即砸碎的激烈举动。这是为什么呢？原因是父亲要儿子记住，以后千万不要再有类似的冒险行为！事关儿子的性命，他不能不如此。年轻的儿子如果尝到了冒险成功的甜头，养成了好冒险的性格，冒险多了，迟早要出事。

第二辑　百善孝为先

清·王素　二十四孝图之怀橘遗母

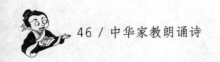

戏彩娱亲

老莱子①，楚人。至孝，奉二亲极其甘脆②。行年七十，言不称老，着五彩斑斓之衣，为婴儿戏舞于亲侧。又尝取水上堂，诈跌卧地，作小儿啼，以娱亲喜。

戏舞学娇痴，春风动彩衣。

双亲开口笑，喜气满庭闱③。

——元·郭居敬《二十四孝》

【注释】
①老莱子：春秋时楚国隐士，耕于蒙山下，后至江南。
②奉：供养，侍候。甘脆：甘甜爽口，指美味的食品。
③庭闱：双亲所居之地，后用以指父母。

戏彩娱亲

春秋隐者老莱子，
白发苍苍年七十。
品行高洁居蒙山，
淡泊名利冰雪姿。

严父慈母都健在，
皓首苍颜挂木拐。
风烛残年常叹息，
来日无多心自哀。

老莱子，性至孝，
父母忧惧他知道。
说话从不提老字，
双亲膝前常撒娇。

一套彩衣身上穿，
大红裤子绿袍衫。
两只木桶手中提，
蹦蹦跳跳扮鬼脸。

左摇右摆耍把式，
撞翻木桶满地湿。
顺势而坐泥水中，
蹬腿哭泣卖娇痴。

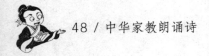

父母双亲笑微微，
满怀愁绪天外飞。
仿佛坐上时光机，
转瞬年轻六十岁！

这正是：
孝亲不止在吃穿，
时时刻刻常挂牵。
儿女尽孝须和悦，
爱亲敬亲带笑颜。

【小启示】
　　为人子女，应该像老莱子一样敬爱父母，时时
处处为父母营造欢乐温馨的气氛。父母给予我们的
欢乐太多了，我们没有理由不让他们笑口常开。

鹿乳奉亲

郯子^①，性至孝。父母年老，俱患双眼，思食鹿乳。郯子顺承亲意，乃衣鹿皮，去深山，入群鹿中，取鹿乳以供亲。猎者见而欲射之，郯子具以情告，乃免。

老亲思鹿乳，身挂鹿毛衣。

若不高声语，山中带箭归。

——元·郭居敬《二十四孝》

【注释】

①郯（tán）子，春秋末期人，孔子曾向他询问官名。

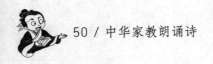

鹿乳奉亲

小郯子，生周朝，
父母头上白发飘。
突然双双生眼疾，
苦不堪言泪淘淘。

大夫诊断来相告，
只有鹿乳有疗效。
郯子听罢出家门，
灵机一动有绝招。

找张鹿皮身上穿，
奋力攀登上东山。
混进鹿群找母鹿，
巧取鹿乳一大碗。

取到鹿乳心花放，
一蹦一跳下山岗。
忽见猎人举弓箭，
忙脱鹿皮立树旁。

猎人探问知详情，
直夸郯子好德行。
郯子回家奉鹿乳，
父母双亲见光明。

郯子年幼平民身，
鹿乳奉亲天下闻。
世人慕名来学孝，
天子封他当国君。

　这正是：
孝顺父母意志坚，
尽心竭力不怕难。
试看古来行孝者，
平安富贵福绵绵！

清·王素　二十四孝图之鹿乳奉亲

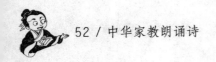

为亲负米

仲由①，字子路，孔子弟子。家贫，食藜藿②之食，为亲负米百里之外。亲没，南游于楚，从车百乘，积粟万钟，累裀③而坐，列鼎④而食，乃叹曰："虽欲食藜藿之食，为亲负米，不可得也。"

负米供甘旨，宁忘百里遥。

身荣亲已没，犹念旧劬劳⑤。

——元·郭居敬《二十四孝》

【注释】
①仲由：春秋末鲁国人，字子路，孔子的得意门生，以政事见称。为人亢直鲁莽，好勇力。
②藜藿：贫穷之人所吃的野菜。
③累裀：裀为垫毯之类，后将对已故父母的哀思称为累裀之悲。
④列鼎：陈列盛馔。
⑤劬劳：劳苦，劳累。

为亲负米

孔子学生叫子路，
家境贫寒住茅屋。
性格耿直脾气急，
膀大腰圆胳膊粗。

子路从小敬父母，
百依百顺不含糊。
尽心竭力行孝道，
四里八乡声名著。

天下大旱禾苗枯，
方圆百里缺五谷。
子路进山挖野菜，
供养双亲来果腹。

野菜青青锅中煮，
难以下咽味太苦。
眼看父母渐消瘦，
子路扭头出草庐。

进城打工一月余，
挣钱买米踏归途。
百斤米袋扛在肩，
望眼欲穿迈大步。

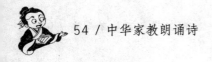

西北风，风刺骨，
山道弯弯很崎岖。
子路负米不停歇，
汗流浃背滴满路。

光阴似箭五年过，
父母双亲都作古。
子路求学随孔子，
五经勤向窗前读。

梅花香自苦寒来，
宝剑锋从磨砺出。
子路出仕到楚国，
位高权重展宏图。

子路出行派头足，
兵车百乘相拥簇。
子路府邸很豪华，
万担粮米堆仓库。

鸡鸭鱼肉寻常见，
山珍海味在鼎釜。
子路用餐长叹息，
怀念双亲停玉箸。

这正是：

树欲静而风不止，

子欲养而亲不待。

孝敬父母不能等，

马上行动就现在。

【小启示】

　　要及时把握与父母相聚的时间，孝养他们。不要等到你想要报答亲恩的时候，父母已不在人间。

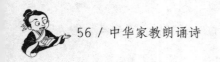

啮指心痛

曾参①，字子舆，孔子弟子，事母至孝。参尝采薪山中，家有客至，母无措，望参不还，乃啮其指。参忽心痛，负薪以归，跪问其故，母曰："有急客②至，吾啮指以悟汝尔。"

母指才方啮，儿心痛不禁。

负薪归未晚，骨肉至情深。

——元·郭居敬《二十四孝》

【注释】
①曾参：春秋末期鲁国人，字子舆，孔子的得意门生，以孝见称。
②急客：突然来到的客人。

啮指心痛

孔子学生叫曾参，
家住鲁国小山村。
淡泊名利重孝道，
诚心诚意敬双亲。

曾参父亲是曾点，
性如烈火家教严。
只因锄地伤瓜秧，
杖打曾参倒瓜田。

曾参对父不记恨，
为人处世更严谨。
反躬自责日三省，
千方百计遂父心。

曾点最爱吃羊枣，
曾参满山去寻找。
摘来羊枣洗干净，
父子对食乐陶陶。

天有不测风云激，
曾点病故命归西。
每见羊枣思严父，
曾参垂泪常相忆。

母亲年迈鬓发花，
曾参时时都牵挂。

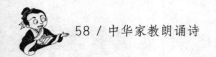

打柴换钱买粮米，
不怕山高路又滑。

一日砍柴在山顶，
心如针刺时时痛。
担心母亲出意外，
急如星火回家中。

曾母家中有客至，
无力招待怕失礼。
翘首以待盼儿归，
心急如焚咬手指。

客人仰天发赞叹，
母子情深心相连。
啮指心痛有灵犀，
曾参孝名天下传。

这正是：
人生在世孝为先，
自古孝为百行源。
世上唯有孝字大，
孝顺父母第一端。

【小启示】

这是一个母子连心的故事。曾参的行为告诉我们，孝是人们内心情感的真实流露，它存在于人类的自然天性之中。这种对父母时刻牵挂的孝道，是我们应当继承和发扬的。

熟葚孝母

蔡顺①，字君仲，少孤，事母至孝。遭王莽②乱，岁荒不给，拾桑葚③，以异器④盛之。赤眉贼⑤见而问曰："何异乎？"顺曰："黑者奉母，赤者自食。"贼悯其孝，以白米三斗、牛蹄一只赠之。

黑椹奉萱帏⑥，啼饥泪满衣。

赤眉知孝顺，牛米赠君归。

——元·郭居敬《二十四孝》

【注释】
①蔡顺：东汉安城人，字君仲，性至孝。
②王莽：新朝的建立者，公元9—23年在位。西汉末年以外戚掌权，后称帝，改国号为新。
③桑葚：即桑实。
④异器：不同的器物。
⑤赤眉贼：封建统治者对西汉末年农民起义军赤眉军的蔑称。
⑥萱帏：母亲所居之处，用以指母亲。

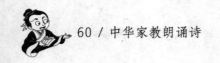

熟葚孝母

小男孩，叫蔡顺，
虎头虎脑真忠厚。
年纪虽小明事理，
善解人意有孝心。

天下大乱起烟尘，
田地荒芜野草侵。
民不聊生少衣食，
吃了上顿没下顿。

小蔡顺，出家门，
爬上南山捡桑葚，
拾了满满两竹筐，
腰酸背痛汗涔涔。

马铃声声摇清音，
一个强盗来山林。
手中长刀闪寒光，
声如洪钟问蔡顺：

"你在树下捡桑葚，
我的心里很纳闷。
你拾桑葚分两筐，
如此麻烦啥原因？"

小蔡顺，把嘴抿，
直言相告很诚恳：
"红的酸，我来吃，
黑的甜，给娘亲！"

强盗听罢心头震，
翘起拇指赞蔡顺。
策马让开一条路，
恭送蔡顺如上宾。

【小启示】

小蔡顺对母亲体贴入微的孝心，着实让人感动。其实，我们孝敬给父母的无论是山珍海味还是山果野菜，只要是我们用心准备的，对于父母来说都是珍贵的，吃在嘴里都是美味可口的。孝心可以给生活带来甜蜜。让我们行动起来，用自己的孝心为父母制造甜蜜吧！

清·王素　二十四孝图之蔡顺拾葚供亲

亲尝汤药

汉文帝^①，名恒，高祖第三子。初封代王，生母薄太后，帝奉养无怠。母病三年，帝为之目不交睫，衣不解带，汤药非口亲尝，弗^②进。仁孝闻于天下。

仁孝临天下，巍巍冠百王。

汉庭事贤母，汤药必先尝。

——元·郭居敬《二十四孝》

【注释】
①汉文帝：刘恒，汉高祖刘邦之子。公元前180年至前157年在位。
②弗：不。

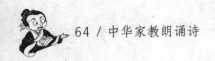

亲尝汤药

西汉皇子叫刘恒，
宅心仁厚好品行。
年方八岁父早亡，
孤儿寡母苦伶仃。

刘恒母亲薄太后，
弱不禁风脸清瘦。
一病不起卧床榻，
奄奄一息使人愁。

母子情深心相连，
刘恒日夜守床前。
衣不解带勤照料，
无微不至用心专。

日日下厨端药汤，
怕热怕凉先品尝。
一勺一勺亲手喂，
乌鸟之情深绵长。

光阴荏苒三年过，
枯木逢春又结果。
太后康复下病床，
母子执手笑语和。

刘恒孝行传天下，
黎民百姓齐效法。
一朝登基当皇帝，
文景之治四海夸。

　　这正是：
孝子齐家家能好，
孝子治国国能安。
天下儿孙尽行孝，
政通人和太平年。

【小启示】
　　孝道是中国人固有的传统美德。了解父母生活上的需要，让父母衣食住行都有保障，生老病痛有所依靠，是我们做子女的应当承担的责任。

缇萦救父

五月，齐太仓令淳于公有罪当刑，诏狱逮徙系长安①。太仓公无男，有女五人。太仓公将行会逮，骂其女曰："生子不生男，有缓急②非有益也！"其少女缇萦③自伤泣，乃随其父至长安，上书曰："妾父为吏……"书奏天子，天子怜悲④其意，乃下诏曰："……其除肉刑。"

——《史记·孝文本纪第十》

【注释】
①长安：汉朝国都，今西安市。
②缓急：紧急。
③少女缇萦：最小的女儿缇萦。
④悲：悲悯。

缇萦救父

西汉官员淳于意，
两袖清风有正气。
担任齐国太仓令，
廉洁奉公肝胆披。

天有不测起风云，
飞来横祸找上门。
遭人诬告捕快到，
押赴长安成罪臣。

五个女儿立堂前，
抱头痛哭泪涟涟。
淳于意，心里烦，
悔恨生女没生男。

小女儿，叫缇萦，
年方十三很冷静。
收拾行装随父行，
跟着囚车去京城。

临淄长安千里远，
崇山峻岭路漫漫。
缇萦脚底磨出血，
为父递水又送饭。

来到长安细打听，
父亲已经判肉刑。

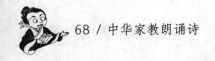

这种刑罚很严酷，
砍腿跺脚挖眼睛。

缇萦闻听心里急，
急中生智有主意。
鼓起勇气写书信，
托人呈报汉文帝：

"家父获罪判肉刑，
断手断脚太不幸。
我愿献身赎父罪，
使父改过获新生！"

文帝看罢投笔起，
悲天悯人将身立。
下诏明令废肉刑，
无罪释放淳于意。

这正是：
尽孝不分女和男，
缇萦救父是典范。
风餐露宿行千里，
上书救父动龙颜。

【小启示】
　　孝女缇萦的故事记载于被列为二十四史之首
的《史记》，是真实可信的。孝是一切美德的根本。
要成大功立大业，我们就要从小养成敬重家长和
师长的品德，成为一个德才兼备的人。

扇枕温衾

　　黄香①，字文强。年九岁失母，思慕惟切，乡人皆称其孝。躬执勤苦，事父尽孝。夏天暑热，扇凉其枕簟；冬天寒冷，以身温其被席。太守刘护②表③而异之。诗曰：

　　冬月温衾暖，炎天扇枕凉。

　　儿童知子职，千古一黄香。

——元·郭居敬《二十四孝》

【注释】
①黄香：东汉安陆人，字文强。
②刘护：东汉官吏，明帝时为江夏太守。
③表：旌表，表彰。

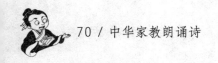

扇枕温衾

小小少年叫黄香，
浓眉大眼高鼻梁。
天天窗前读经书，
忠孝节义记心上。

晴天霹雳一声响，
母亲病故葬山冈。
可怜父亲更操劳，
满头乌发尽染霜。

小黄香，有担当，
养育之恩不敢忘。
尽心竭力敬父亲，
春夏秋冬记心上。

炎炎夏日蝉声唱，
热浪滚滚满厅堂。
黄香为父摇蒲扇，
大汗淋漓湿衣裳。

数九寒天雪飞扬，
千里冰封披银装。
黄香上床暖被窝，
让父安睡亲情暖。

年复一年孝名扬，
朝廷下旨来表彰。
黄香长大举孝廉，
名动天下上朝堂。

这正是：
人人都是父母生，
孝敬父母理应当。
忠臣都从孝子出，
厚德载物育贤良。

【小启示】
　　当父母上了年纪时，他们更需要精神上的关爱。如果有时间，应该经常和父母在一起，让父母感到亲情的温暖。让我们以黄香为榜样，从身边一点一滴的小事做起，孝敬自己的父母。

清·王素　二十四孝图之扇枕温衾

怀橘遗亲

陆绩①，字公纪。年六岁，于九江见袁术②。术出橘待之，绩怀橘三枚。及归拜辞，橘堕地。术曰："陆郎作宾客而怀橘乎？"绩跪答曰："吾母性之所爱，欲归以遗③母。"术大奇之。

孝顺皆天性，人间六岁儿。

袖中怀绿橘，遗母事堪奇。

——元·郭居敬《二十四孝》

【注释】
①陆绩：三国时吴国人，字公纪，博学多识，精通历算，后为太守。
②袁术：东汉末年世族豪强，袁绍之弟，曾割据扬州称帝，后为曹操所败。
③遗：赠送。

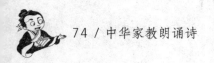

怀橘遗亲

小陆绩，方六岁，
受邀前去坐酒席。
落落大方有风度，
满座高朋都称奇。

饭后主人上柑橘，
皮薄汁多甜如蜜。
每位客人分三只，
摆在桌前香扑鼻。

小陆绩，心欢喜，
悄悄装进衣兜里。
眼看别人吃得香，
若无其事笑眯眯。

酒席散，道别离，
陆绩弯腰行个礼。
三只柑橘掉出来，
又蹦又跳滚在地。

主人一见很惊异，
目视柑橘问陆绩。
"给你橘子你不吃，
为何藏在衣兜里？"

小陆绩，作个揖，
直言不讳无顾忌：
"妈妈一向爱吃橘，
省给她吃最适宜！"

【小启示】
　　孝心不需要大量的金钱投资。父母在乎的只是你一个小小的橘子，一把小小的扇子，一句简短的问候，一声亲切的"爸""妈"！

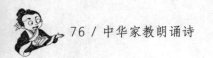

哭竹生笋

　　孟宗①，字恭武，少丧父。母老病笃，冬月思笋煮羹食。宗无计可得，乃往竹林，抱竹而哭。孝感天地，须臾②地裂，出笋数茎，持归作羹奉母。食毕，病愈。

　　泪滴朔风寒，萧萧竹数竿。

　　须臾冬笋出，天意报平安。

——元·郭居敬《二十四孝》

【注释】
①孟宗：三国吴江夏人，字恭武，仕吴为盐池司马，后官至司空。
②须臾：一会儿。

哭竹生笋

有个男孩叫孟宗，
脸似苹果红彤彤。
家住山脚小草庐，
满山竹林草木盛。

寒冬腊月雪纷纷，
孟宗母亲病缠身。
卧床不起十几天，
茶饭不思昏沉沉。

拉住孟宗说愿望，
有气无力脸发黄：
"水米难进腹中饥，
我想喝碗竹笋汤。"

孟宗领命出家门，
漫山遍野找竹笋。
竹笋本是春天生，
冬日何曾有一根？

母亲心愿难实现，
孟宗急得团团转。
无可奈何抱竹竿，
号啕大哭泪满面。

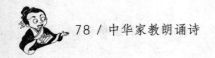

泪水滴落竹竿上，
孝心至诚感上苍。
风住雪停出红日，
普照大地暖洋洋。

竹笋破土拔节响，
新鲜娇嫩吐清香。
孟宗煮汤喂母亲，
母亲康复下病床！

【小启示】

对于我们来说，感动天地只有在故事里才会
出现，而感动父母才是现实迫切的需要。事实上，
父母需要子女付出的并不多。只要子女能够惦记
着他们、时常来看看他们，甚至报一声平安、偶
尔送上一个拥抱，父母就心满意足了。那么，这
些简单的小事，你做到了吗？

闻雷泣墓

王裒①，字伟元，事亲至孝。母存日，性畏雷。既卒②，葬于山林，每遇风雨闻雷，即奔墓所，拜泣告曰："裒在此，母勿惧。"隐居教授，读《诗》至"哀哀父母，生我劬劳"，遂三复流涕，后门人至废《蓼莪》之篇。

慈母怕闻雷，永魂宿夜台。

阿香③时一震，到墓绕千回。

——元·郭居敬《二十四孝》

【注释】
①王裒（póu）：字伟元，晋城阳营陵人。终身不仕，隐居教授，性至孝。
②卒：死亡。
③阿香：传说中的雷车女神。

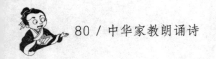

闻雷泣墓

王伟元，十二三，
唇红齿白美少年。
自幼随母住山村，
母慈子孝苦也甜。

六月天，孩儿脸，
电闪雷鸣乌云翻。
母亲胆小捂双耳，
伟元依偎相陪伴。

浮云朝露人生短，
母亲病故下黄泉。
伟元含泪葬慈母，
墓旁结庐守三年。

每逢雷电降云端，
一路狂奔跪墓前：
"妈妈、妈妈别害怕，
儿子就在您身边！"

暴雨如注洗泪眼，
雷鸣阵阵摧心肝。
阴阳相隔路茫茫，
母子情深隔不断。

【小启示】

　　父母把我们从小拉扯大，辛勤地照顾我们。现在父母年纪大了，需要我们的孝心，需要我们的关爱。父母健在时，我们要抓紧时间尽孝道，好好照顾他们。父母不在了，我们也应该在心里给他们留出一个位置，时常想想他们生前对我们说过的话，为我们做过的一切。

清·王素　二十四孝图之闻雷泣墓

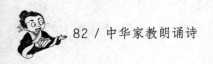

涤亲溺器

黄庭坚①，字鲁直，号山谷，元祐中为太史。性至孝，身虽贵显，奉母尽诚。每夕为亲涤溺器②，无一刻不供子职。

贵显闻天下，平生孝事亲。

亲身涤溺器，婢妾岂无人。

——元·郭居敬《二十四孝》

【注释】
①黄庭坚：北宋文学家、书法家，字鲁直，号山谷道人。
②溺器：便盆。

涤亲溺器

宋朝文人黄庭坚，
才华横溢声名显。
琴棋书画称四绝，
平步青云做高官。

庭坚升迁赴帝都，
天子青眼恩遇殊。
日日办公在衙门，
天天归来已日暮。

工作一天很劳累，
脚步沉重身疲惫。
回家进门第一事，
探望母亲睡没睡。

仆人为他提灯笼，
庭坚脚步已变轻。
悄无声息进房间，
细听母亲打鼾声。

黄母年迈常起夜，
一只便盆床下搁。
庭坚弯腰提在手，
出门冲刷笑呵呵。

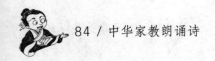

仆人上前要替代，
庭坚拒绝把手摆：
"为母尽孝是本分，
让你替代不应该！"

黄家上下齐感动，
尊老爱幼蔚成风。
庭坚孝母心意诚，
名满天下齐传诵。

【小启示】
　　黄庭坚孝顺母亲，不是虚构的传说，而是真正的实事。孝顺不是口号，也不是形式，而是一种实际的行动。黄庭坚坚持每天为母亲洗涮便盆而毫无怨言，为我们树立了榜样。当然，现在便盆已升级为冲水马桶，不用天天洗涮了。可是，假如父母行动不便，你能像黄庭坚那样悉心照顾他们吗？

弃官寻母

朱寿昌①年七岁，生母刘氏，为嫡母所妒，出嫁。母子不相见者五十年。神宗朝，弃官入秦，与家人诀，誓不见母不复还。后行次同州，得之，时母年七十余矣。

七岁生离母，参商②五十年。

一朝相见面，喜气动皇天。

——元·郭居敬《二十四孝》

【注释】
①朱寿昌：北宋人，字康叔，官至司农少卿。
②参商：二星名。参在西，商在东，此出彼没，永不相见。

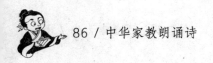

弃官寻母

宋朝官员朱寿昌,
一袭蟒袍穿身上。
年过五十鬓似雪,
威风凛凛上公堂。

明察秋毫审积案,
是非曲直有明断。
除暴安良得民心,
政通人和美名传。

夜深人静坐后宅,
仰天望月泪满腮。
夫人孩子来相问,
"有何心事不开怀?"

寿昌双眼泪光闪,
一五一十说思念:
"五十年前母改嫁,
生死茫茫未相见!"

"母嫁何处我不知,
四处打探无消息。
寝食难安心欲碎,
魂牵梦萦夜深时!

人生在世孝为大，
养育之恩未报答。
我要辞官去寻母，
找遍海角和天涯！”

寿昌上书禀实情，
交接公务即远行。
听说母亲在同州，
打马扬鞭车不停。

苍天不负有心人，
执手相看泪纷纷。
寿昌接母回家转，
无微不至报母恩。

【小启示】
　　朱寿昌与母亲分别长达50年，始终心怀对母亲的思念，并毅然辞官寻母，终得骨肉团圆。这种孝心，是多么令人感动！与朱寿昌相比，我们这些为人子女者，能有服侍孝敬父母的机会，是何等幸运！让我们把握住在父母身边的日子，用心尽孝吧！

清·王素　二十四孝图之弃官寻母

第三辑　家和万事兴

清·王素　二十四孝图之虞舜孝行感天

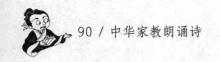

孝感天地

虞舜①，姓姚，名重华。瞽瞍②之子，性至孝。父顽，母嚚，弟象③傲。舜耕于历山，象为之耕，鸟为之耘，其孝感如此。陶于河滨，器不若窳；渔于雷泽，烈风雷雨弗迷。虽竭力尽瘁，而无怨怼之心。尧④闻之，使总百揆，

【注释】
①虞舜：传说中的虞氏部落长，炎黄联盟首领。姓姚，名重华，史称虞舜。
②瞽瞍：舜父之别名。人们因为他有目不能分别好恶，所以称之为瞽，配字曰瞍。
③象：舜的同父异母兄弟，性傲狠。传说他多次谋杀舜未遂。
④尧：传说中陶唐氏部落长，炎黄联盟首领。

事以九男⑤，妻以二女⑥。相尧二十有八载，帝

遂让以位焉。

队队耕田象，纷纷耘草禽。

嗣尧登宝位⑦，孝感动天心。

——元·郭居敬《二十四孝》

⑤九男：指尧的九个儿子。
⑥二女：指尧女娥皇和女英。
⑦宝位：帝位。

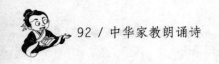

孝感天地

草有灵芝木有椿，
禽有鸾凤鲁有麟。
古往今来说孝者，
首屈一指是大舜。

大舜乳名叫重华，
呱呱坠地平民家。
母亲患病离人世，
父亲糊涂不通达。

继母阴险又刁蛮，
生下弟弟更凶悍。
三人合谋害大舜，
火烧井埋一番番。

大舜聪慧能自保，
虎口脱险有妙招。
心胸宽广不记恨，
一如既往尽孝道。

父母兄弟都感动，
和睦相处乐融融。
一轮明月是天眼，
孝感上苍祥云生。

大舜耕种在历山，
大象相助把地翻。
四面八方群鸟来，
粮食种子口中衔。

尧帝闻听吃一惊，
三番五次察详情。
禅让天下给大舜，
顺天应人民欢腾。

这正是：
天地重和和当先，
家庭和睦大如天。
无怨无悔敬家人，
一个和字家国安。

【小启示】
　　在家庭生活中，宽以待人是我们古人所倡导的。这种宽容最早可以追溯到舜。面对亲人三番两次的加害，舜都是仁厚大度，从不记仇、从不报复。因此，亲人之间的宽容、谦让，正是维持一家人和睦相处的法宝。

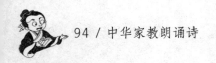

单衣顺母

　　闵损①，字子骞，孔子弟子。早丧母，父娶后母，生二子，衣以棉絮，妒损，衣以芦花。父令损御车，体寒失靷②。父察知故，欲出③后母④。损曰："母在一子寒，母去三子单。"母闻改悔。

　　闵氏有贤郎，何曾怨晚娘。

　　父前留母在，三子免风霜。

——元·郭居敬《二十四孝》

【注释】
①闵损：字子骞，春秋末期鲁国人，孔子弟子，以德行见称。
②靷：牛鼻绳，泛指拴牲口的绳。
③出：休弃。
④后母：父续娶之妻。

单衣顺母

孔子学生闵子骞，
生在鲁国小草庵。
朗目疏眉挺清秀，
虎头虎脑筋骨健。

父亲老闵是商贩，
穿街走巷去挣钱。
母亲持家也忙碌，
相夫教子做针线。

天有不测风云变，
人有祸福旦夕间。
子骞五岁母早亡，
抛夫别子赴黄泉。

晚风拂柳笛声残，
老闵丧妻万事难。
既当爹来又当娘，
顾此失彼少吃穿。

万般无奈来续弦，
娶个媳妇她姓潘。
日月如梭三年过，
又添双子绕膝前。

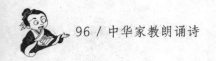

子骞小小男子汉，
知书达理好少年。
孝敬潘氏如生母，
端茶倒水不偷懒。

后母潘氏偏心眼，
时时处处耍手腕。
好吃好喝给亲儿，
残羹冷炙给子骞。

子骞隐忍不作声，
打下牙来肚里咽。
老闵时常不在家，
一无所知被欺骗。

秋风瑟瑟北风寒，
潘氏灯下走针线。
买来棉花两大筐，
拎来芦花一竹筐。

棉衣留给俩亲儿，
芦花做衣给子骞。
衣料用布都一样，
外表看来都保暖。

夜来大雪落云端，
银装素裹披河山。
老闵清晨出家门，
子骞驾车相陪伴。

寒风刺骨刀割脸，
身穿芦衣不御寒。
子骞冻得直哆嗦，
手中马缰落车前。

老闵看了心里烦，
对着子骞挥马鞭：
"驾车如此不认真，
毛毛躁躁为哪般？"

说罢一鞭挥过去，
芦衣打破露了馅。
寒风吹过芦花飘，
潘氏用心已昭然。

老闵一见心里恼，
拉起子骞把家还。
怒气冲冲进了门，
揪住潘氏开了言：

"恶婆娘，黑心肝，
心如蛇蝎害子骞！
今天我就休了你，
你收拾东西快滚蛋！"

潘氏闻言脚发软，
铁证如山难狡辩。
拉着俩儿放声哭，
涕泗滂沱泪涟涟。

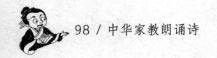

子骞连忙走上前，
双膝跪地泪洗面。
紧紧拉住父亲手，
晓以利害哭相劝：

"弟弟穿棉我穿单，
天气虽冷我不怨。
如果母亲离开家，
弟弟也要受饥寒。"

老闵闻听发长叹，
百感交集心里酸。
绕过潘氏收成命，
老泪纵横抱子骞。

这正是：
亲爱我，孝何难，
亲憎我，孝方坚。
子骞单衣顺后母，
仁义孝悌美名传。

【小启示】
　　"母在一子寒，母去三子单。"这句话流传千古，
让后人记住了闵损的孝心和德行。如果我们也生
长在类似的家庭环境中，我们也应该像闵子骞那
样与后母好好相处。

清·王素　二十四孝图之闵子骞单衣顺母

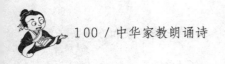

原谷谏父

原谷有祖①，年老，谷父母厌憎②，欲③捐④之。谷年十有五，谏⑤父曰："祖育儿生女，勤俭终身，岂有⑥老而捐之者乎？是负义⑦也。"父不从，作舆⑧，捐祖于野。谷随，收舆归。父曰："汝何以收此凶具⑨？"谷曰："他日父母老，无需更作此具，是以收之。"父惭⑩，悔之，乃载祖归养。

——《渊鉴类函》

【注释】
①祖：祖父。
②厌憎：厌弃，憎恨。
③欲：想要。
④捐：抛弃，丢弃。
⑤谏：劝告。
⑥岂有：怎么可以。
⑦负义：违背道义。
⑧舆：手推车。
⑨凶具：不吉利的用具。
⑩惭：感到惭愧。

原谷谏父

少年原谷生农舍，
眉清目秀俩酒窝。
年方十五明事理，
文质彬彬胸襟阔。

原谷爷爷七十三，
老眼昏花双鬓斑。
年迈无力坐炕头，
口水长流在胸前。

父亲对他不孝敬，
冷若冰霜脸紧绷。
缺衣少食常喝斥，
原谷劝说耳旁风。

秋风瑟瑟天气凉，
父亲推来小推车。
背起爷爷放上车，
准备遗弃到山冈。

原谷一见忙下跪，
苦苦哀求双泪垂。
父亲对他不理睬，
拂袖而去头不回。

原谷连忙站起身，
一路小跑随后跟。

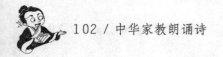

父亲疾步到深山，
扔下爷爷要回村。

原谷含泪抱爷爷，
请他路边石上坐。
紧跑两步追父亲，
大放悲声不停歇。

父亲扭头见推车，
对着原谷高声嚷：
"这个小车已无用，
赶快扔掉不吉祥！"

原谷连连把头摇，
拉起推车往回跑：
"我要留着等您老，
用它装您山上抛！"

父亲闻听脸色变，
又惊又怕冒冷汗。
回心转意接爷爷，
拉着原谷把家还。

【小启示】

　　这个故事对子女和父母都有重要的借鉴意义。首先，对子女来说，父母言行举止有过错，要以婉转的语气进行劝说。其次，对父母来说，一定要恪守孝道，为子女做出表率。因为你今天如何对待自己的父母，明天你的孩子也将如何对待你。

卜式让财

卜式①，河南②人也，以田畜为事。亲死③，式有少弟，弟壮，式脱身④出分，独取畜羊百余，田宅财物尽予弟。式入山牧十余岁，羊致千余头，买田宅。而其弟尽破其业，式辄复分予弟者数⑤矣。

——《汉书·卜式传》

【注释】
①卜式：西汉时人，靠牧羊发家致富，为了抗击匈奴，曾多次将自己的家产献给国家。
②河南：郡名，今洛阳附近。
③亲死：父母双亡。
④脱身：抽身离开。
⑤数（shuò）：屡次。

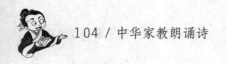

卜式让财

西汉小伙叫卜式，
相貌堂堂高八尺。
耕读牧羊持家俭，
品德高尚似兰芝。

祸不单行从天降，
父母离世心悲怆。
顶门立户带弟弟，
家庭重担独自扛。

乌飞兔走追风马，
弟弟转眼就长大。
房屋田产给弟弟，
卜式牵羊离开家。

来到深山去放羊，
十年辛苦不寻常。
羊群繁衍千余头，
赶到集市换银两。

回乡买房又置地，
安排停当看弟弟。
登门一问换主人，
不见弟弟心悲伤。

多方打听才知晓，
弟弟沿街正乞讨。
倾家荡产三年多，
面黄肌瘦口唇焦。

找到弟弟领回家，
抱头痛哭泪水洒。
新置家业分一半，
重情轻财海内夸。

【小启示】

　　卜式勤劳致富之后，不忘记自己的弟弟，拿出自己家产的一半分给他。在那个时代，一个牧民能有如此的胸怀，确实难能可贵。当今社会，有多少兄弟为了家产而反目成仇？让我们好好学习卜式对待家产和兄弟的思想境界吧！

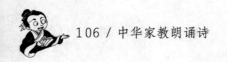

得意扬扬

晏子为齐相，出，其御者之妻从门间而窥其夫。其夫为相御，拥大盖，策①驷马，意气扬扬，甚②自得③也。既而归，其妻请去，夫问其故。妻曰："晏子长不满六尺，身相齐国，名显诸侯。今者妾④观其出，志念深矣，常有自下者。今子长八尺，乃为人仆御，然子之意，自以为足。妾是以求去也。"其后，夫自抑损⑤。晏子怪而问之，御以实对，晏子荐以为大夫。

——西汉·司马迁《史记·管晏列传》

【注释】
①策：用鞭赶。
②甚：很，非常。
③自得：扬扬得意的样子。
④妾：古代妇女的谦称。
⑤抑损：指收敛原来自得的神态。

得意扬扬

春意盎然百花香，
大夫晏婴升宰相。
位高权重掌国政，
兢兢业业日日忙。

晏婴车夫本姓方，
身材魁梧穿戎装。
主人升官他高兴，
欢欣鼓舞精神爽。

这老方，驾车行，
马鞭一挥震天响。
拉着晏婴过街市，
神气十足真荣光。

老方媳妇正纺线，
透过门缝朝外望。
看见丈夫挥长鞭，
耀武扬威气轩昂。

宰相晏婴坐车厢，
心平气和很安详。
袖手无言正沉思，
目不斜视胸襟旷。

老方下班回了家，
媳妇冷脸如严霜。

义正词严要离婚，
搞得老方很紧张。

"如今晏婴当宰相，
为人谦和有涵养。
身材矮小胸怀大，
位极人臣不张狂。

你身高八尺男子汉，
当个马夫神飞扬。
胸无大志太轻浮，
我为你妻臊得慌！"

老方听罢很惊惶，
无地自容脸发胀。
知错就改性情变，
谦虚谨慎习为常。

宰相晏婴眼睛亮，
细问原委知真相。
破格提拔当大夫，
平步青云上朝堂。

【小启示】

俗话说："妻贤夫少祸。"晏婴马夫的妻子劝勉丈夫的事载入史册，成为妻子助丈夫成功的典型案例。这在今天仍有很强的借鉴意义。愿天下的夫妻都能相互勉励，为家庭、为国家尽到自己的责任。

清·焦秉贞　百子团圆图册

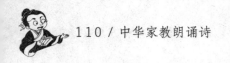
断织劝夫

河南①乐羊子之妻者……一年归来，妻跪②问其故，羊子曰："久行怀思，无它异也。"妻乃引刀趋机而言曰："此织生自蚕茧，成于机杼③。一丝而累，以至于寸，累寸不已，遂成丈匹。今若断斯织也，则捐失成功，稽废④时日。夫子积学⑤，当'日知其所亡'，以就懿德；若中道而归，何异⑥断斯织乎？"羊子感其言⑦，复还终业⑧，遂七年不返。

——南朝宋·范晔《列女传》

【注释】
①河南：今河南省西北部。
②跪：古人席地而坐，跪时腰伸直，示敬之意。
③机：织布机；杼：机上的梭子。
④稽废：稽延荒废。
⑤积学：积累学识。
⑥异：不同。
⑦感其言：被这番话感动。
⑧复还终业：重新回去继续自己的学业。

断织劝夫

河南乐羊二十岁，
风华正茂很聪睿。
胸怀大志有梦想，
出身寒门不自卑。

娶个媳妇她姓崔，
明眸皓齿柳叶眉。
知书达理素质高，
相夫教子挺贤惠。

乐羊求学在河北，
小崔思夫心欲碎。
独守空房冬夜长，
挑灯织布操纺锤。

乐羊归家掩门扉，
小崔执手相依偎。
久别重逢疑是梦，
喜形于色双泪垂。

嘘寒问暖说学业，
乐羊低头很惭愧：
"学业未成很想你，
跋山涉水把家回。"

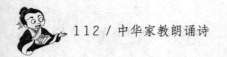

小崔听罢不胜悲，
掏出剪刀铰布帏。
一刀两断气未消，
疾言厉色相责备：

"灯笼不知脚下黑，
自己难搓后背灰。
你意志不坚无恒心，
如同此布半途废！"

乐羊闻言知理亏，
如梦方醒听惊雷。
离家求学又上路，
七年学成有作为。

【小启示】
　　学习贵在坚持，始终如一。乐羊子的妻子拿
织布的事例，规劝丈夫，既形象又深刻。

孔融让梨

兄弟七人，融①第六，幼有自然之性。年四岁时，每与诸兄②共食梨，融辄引③小者。大人问其故④，答曰："我小儿，法当取小者。"由是宗族奇之。

——《后汉书·孔融传》（李贤注）

【注释】
①融：东汉末年文学家，字文举。
②诸兄：几位哥哥。
③引：挑选。
④故：原因。

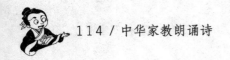

孔融让梨

小孔融，四岁整，
脸似苹果红彤彤。
兄弟五个他最小，
温文尔雅君子风。

一筐梨，黄澄澄，
大小不一香气浓。
孔融伸手拿小的，
大的礼让给诸兄。

爸爸妈妈很吃惊，
四位哥哥想不通：
"小梨哪有大梨甜，
难道孔融搞不清？"

小孔融，笑融融，
对答如流很真诚：
"我刚四岁年龄小，
对待兄长要尊敬！"

【小启示】
　　有人说孔融是害怕日后哥哥欺负他，才把大梨让给哥哥的；还有人说，孔融心眼多，这么小就心机重重。你是怎么看的呢？

为姊煮粥

英公①虽贵为仆射②，其姊病，必亲为粥，釜燃辄③焚其须。姊曰："仆妾多矣，何为自苦如此？"勣曰："岂④为无人耶？顾⑤今姊年老，勣亦年老，虽欲久为姊粥，复可得乎？"

——唐·刘𫗧《隋唐嘉话》

【注释】
①英公：即徐勣，字懋功。唐曹州人，太宗赐姓李，以功封英国公。
②仆射：唐时仆射为宰相之任，协助天子议大政的人。
③辄：总是，老是。
④岂：难道。
⑤顾：看见，看到。

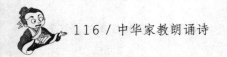

为姐煮粥

唐朝大将叫徐勣，
英气堂堂长胡须。
南征北战功劳大，
官至丞相高位居。

丞相府第好气派，
雕梁画栋流异彩。
徐勣勤俭治家严，
位高权重不贪财。

徐勣姐姐爱喝粥，
光阴荏苒白了头。
接入相府度晚年，
姐弟相守情悠悠。

偶感风寒身不适，
浑身无力发高烧。
徐勣亲自下厨房，
为姐煮粥不辞劳。

春风穿堂进炉灶，
干柴陡然蹿火苗。
徐勣灶下未提防，
及胸长须被烧焦。

满面烟火失常态，
姐姐心痛相嗔怪：
"家中仆人多如云，
你去煮粥何苦来？"

徐勣面目虽狼狈，
却将姐姐来安慰：
"你我姐弟年事高，
为姐煮粥能几回？"

徐勣权重位也尊，
为姐煮粥不忘本。
血浓于水姐弟情，
感人肺腑到如今。

【小启示】
　　这个故事描写了大将军徐勣为姐姐煮粥，被锅下的柴火烧到胡子的情形。通篇既洋溢着骨肉真情，使人感到温暖，使人感动，又为当代姐弟关系树立了典范。

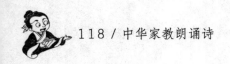

兄弟争雁

　　昔人有睹雁翔者，将援弓射之，曰："获则烹①。"其弟争曰："舒②雁烹宜，翔雁燔③宜。"竞斗而讼于社伯④。社伯请剖雁，烹燔半焉。已而索雁，则凌空远矣。

　　　　——明·刘元卿《贤奕编·应谐录》

【注释】
①烹：煮。
②舒：行动迟缓。
③燔：烤。
④社伯：地方上的长者。

兄弟争雁

有家猎户本姓韩，
结庐而居在东山。
兄弟两个武艺好，
一起打猎背弓箭。

辛辛苦苦跑一天，
飞禽走兽没发现。
心灰意冷往家走，
头顶飞过一只雁。

哥哥一见开心颜，
眉飞色舞拿出弓。
气定神闲搭上箭，
瞄准大雁拉弓弦：

"这只雁，飞得慢，
近在咫尺挺悠闲。
看我把它射下来，
大锅煮肉味最鲜！"

弟弟闻听冲上前，
拉住哥哥开口言：
"飞雁应当烤着吃，
煮肉喝汤滋味淡！"

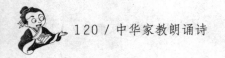

哥哥被迫松弓弦，
对着弟弟忙争辩。
兄弟两个不相让，
争来争去红了脸。

这时走来一老汉，
年过半百须发斑。
来龙去脉问清楚，
排难解纷谈意见：

"这个事情很好办，
你们赶快去射雁。
煮一半，烤一半，
一雁两吃双味兼！"

兄弟两个都说好，
双双抬头去找雁。
此时大雁已飞远，
远在天边成黑点！

【小启示】
　　做任何事情都应该当机立断。因为时机稍纵即逝，把时间浪费在无休止的争论上，对事业有百害而无一利。这个道理，在兄弟之间也是适用的。

清·焦秉贞　教子图

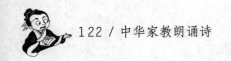

阿豺折箭

阿豺①有子二十人。阿豺谓曰："汝等各奉吾一只箭，折之地下。"俄而②，命母弟③慕利延曰："汝取一只④箭折之。"延折之。又曰："汝取十九只箭折之。"延不能折。阿豺曰："汝曹⑤知否？单者易折，众则难摧⑥。勠力⑦一心，然后社稷可固。"

——《魏书·吐谷浑传》

【注释】
①阿豺：古代吐谷浑国（现青海及四川松潘一带）的国君。
②俄而：不久，一会儿。
③母弟：同母弟弟。
④只：同"支"。
⑤汝曹：你们。曹，辈。
⑥摧：折，毁灭、崩坏。
⑦勠力：合力、协力。

阿豺折箭

有位国王叫阿豺，
雄霸一方在青海。
开疆拓土建功业，
叱咤风云旷世才。

斗转星移月如梭，
夜幕降临灯影晃。
双鬓似雪风摇烛，
忧心忡忡眉头锁。

膝下王子二十人，
各率兵马佩金印。
相互之间不服气，
争权夺利起纠纷。

阿豺自知命不久，
召集王子到床头：
"你等各拔一支箭，
从中折断握在手！"

王子领命齐抽箭，
轻而易举全折断。
阿豺抬头侧目视，
对着弟弟又开言：

"弟弟力大最勇悍，
拔山举鼎若等闲。

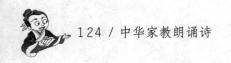

请你取箭十九支，
一起折断莫迟缓！"

阿豺弟弟慕利延，
领命取箭手中攥。
咬牙运气使劲折，
箭成一捆金石坚！

阿豺看罢点点头，
临终遗言说出口：
"单易折，众难摧，
弟兄团结国无忧！"

众王子，都羞愧，
拖箭在地落热泪。
血浓于水手相牵，
精诚团结改前非。

侄子继位当新王，
二十王子为臂膀。
众志成城一条心，
江山稳固家国昌！

【小启示】
　　阿豺折箭的道理，小到一个家庭、一个班级，大到一个民族、一个国家，都是适用的。只有大家一条心，劲往一处使，才能使集体爆发出坚不可摧的力量。